¡YA ERA HORA, MAX!

Escrito por Kitty Richards
Ilustrado por Gioia Fiammenghi
Adaptación al español por Alma B. Ramírez

Kane Press, Inc.
New York

Book Design/Art Direction: Roberta Pressel

Library of Congress Cataloging-in-Publication Data

Richards, Kitty.
    It's about time, Max!/by Kitty Richards; illustrated by Gioia Fiammenghi.
       p. cm. — (Math matters)
    Summary: When Max misplaces his digital watch, he replaces it with
an analog watch that he does not know how to read and finds himself
late for everything.
      ISBN 1-57565-191-2 (pbk. : alk. paper)
      [1. Clocks and watches—Fiction. 2. Time—Fiction. 3. Tardiness—Fiction.]
I. Fiammenghi, Gioia, ill. II. Title. III. Series.
PZ7.R387It   2000
[Fic]—DC21   98-51118
                                                                                    CIP
                                                                                     AC

 10 9 8 7 6 5 4 3 2 1

First published in the United States of America in 2000 by Kane Press, Inc.
Printed in Hong Kong.

MATH MATTERS is a registered trademark of Kane Press, Inc.

—¡Es hora de despertar, Max! —exclamó mi mamá. Bostecé y miré mi reloj. Las siete en punto. Todas las mañanas, despierto a la misma hora. Así, puedo hacer todo lo que debo hacer antes de subir al autobús a las 8:05. Nunca me atraso.

Cada mañana, me
ducho de 7:05 a 7:15.

De 7:15 a 7:20, me
cepillo los dientes.

De 7:20 a 7:30,
me visto.

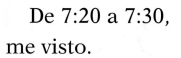

De 7:30 a 7:45,
como mi cereal Crispy
Critters. ¡Qué rico!

De 7:45 a 7:55, paseo a mi perro, Zombie. (Le puse ese nombre porque me encantan las películas de monstruos.)

Luego, voy a esperar el autobús. Llega a las 8:05. La conductora, la Sra. Dunn, llega a tiempo todos los días, igual que yo.

Bueno, bueno. Debo admitir que durante una temporada llegaba *muy* tarde. Así empezó el asunto.

5

—Es hora de despertar, Max —exclamó mi
mamá. Me duché y me cepillé los dientes. Me
vestí. Entonces, quise ponerme mi reloj digital.

No estaba en mi mesa de noche. ¡Ni en el
bolsillo de mi bata, tampoco en el lavamanos!
¡Oh, no!

Amarré los cordones de mis zapatos de tenis
Turbo Anti-Gravedad y bajé corriendo por los
escalones.

—Oigan —dije—. ¿Alguien ha visto mi reloj?

—No —dijeron Mamá y Papá.

—No —dijo Ann, mi hermana.

—¿Qué voy a hacer? —gemí.

—Te puedo prestar un reloj —dijo Ann.

—Debes apresurarte —dijo Mamá—.
Ya son las 7:50.

¡Oh, oh! ¡Ya llevaba 5 minutos de atraso
en mi programa del día! Me puse el reloj
de Ann, llamé a Zombie y salí velozmente
por la puerta.

Al llegar a la esquina, quise ver la hora.

¡Cielos! No era un reloj digital. ¡Este tenía
manecillas!

¿Qué hora era? No sabía leer la hora. Corrí
a mi casa lo más rápido posible.

¡Oh, oh! Mi mamá estaba esperando afuera con una expresión no-muy-contenta en su rostro. —¡Acaba de pasar el autobús! —dijo.

Entonces, Mamá me tuvo que llevar a la escuela y escribir una nota por mi atraso. ¡Me dio taaaaanta vergüenza!

El día siguiente era sábado. Estaba muy entusiasmado porque iba a ir a mi primera fiesta sorpresa. Papá me iba a llevar.

Papá no dejaba de bostezar. —Si me duermo, no te olvides de despertarme a las 5:30 —dijo—. Debemos salir a esa hora.

Miré fijamente a Papá. Mis padres son un poco anticuados. No había ni un solo reloj digital en la casa.

—¿Cinco y treinta? —pregunté lentamente.

—Ya sabes —dijo Papá—. ¿Cuando la manecilla larga esté en el 6 y la corta entre el 5 y el 6? Sonrió.

Eso me pareció un poco más fácil.

—Bueno —dije.

Cuando la manecilla corta estaba en el 6,
y la larga en el 5, desperté a mi papá. No
parecía muy contento. No estaba
nada contento.

—¡Max! —dijo—. Te pedí que
me despertaras a las 5:30. ¡Son
las 6:25!

Debí de haber confundido las
manecillas del reloj. Fuimos rápidamente
a la fiesta, pero me perdí la mejor parte
que es cuando todos brincan y gritan:
"¡SORPRESA!" ¡Qué lástima!

15

Ese domingo, Mamá y yo fuimos al cine a ver *El chico que se comió Cleveland*. Como dije, me encantan las películas de monstruos. A Mamá también.

Llegamos temprano al centro comercial.

—Quiero ir a la tienda de Jay —dije—. Quizás tenga historietas de monstruos.

—Yo quiero ir a la tienda de CDs —dijo Mamá—. Nos encontraremos aquí a las tres y cuarto.

—Mmm . . . prefiero ir contigo —dije. Entonces, recordé que en la tienda de historietas había un gran reloj digital en la pared.

—Bueno —dije—. A las tres y cuarto está bien.

Miré revistas de historietas durante un rato.
Entonces, cuando el reloj indicaba un cuarto
después de las tres, fui a encontrar a mi mamá.

—Max, te he estado esperando diez minutos —dijo Mamá—. La película ya ha empezado.

—Pero llegué a tiempo. Son las tres y cuarto. Un cuarto de dólar son 25 centavos, y son las 3:25.

—No, Max —dijo Mamá—. La hora no funciona como el dinero. Un cuarto después de las tres son las 3:15, no las 3:25.

Así que nos perdimos la película. Me sentí bastante mal.

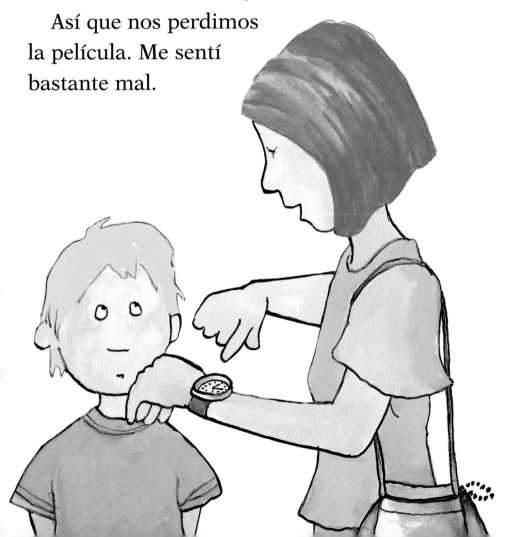

Esa noche, Mamá me llamó a la sala. Toda la familia estaba ahí y había hojas de papel con relojes y números.

—Max —dijo Mamá—. No pudimos evitar darnos cuenta de que no sabes leer la hora.

Sentí que me ponía colorado. —Pero puedo leer la hora en mi reloj digital —dije—. Además, tengo dolor de cabeza.

—Tranquilo —dijo Papá—. Hemos inventado un pequeño juego para ayudarte.

—Es como buscar un tesoro —dijo Mamá.

—Con un premio al final —dijo Ann.

—¿Sí? —dije. ¡Eso sonaba casi divertido!

Papá dijo que yo necesitaba algunas pistas para leer la hora. Repasamos algunas cosas que aprendí en la escuela.

Ann hizo unos dibujos.

Luego, Mamá dijo esta rima:

La mano chica es la instructora
Por eso te dice la hora.

Eso era fácil de recordar. —Bien —dije—. ¿Cuál es mi primera pista?

Manecilla de los minutos
(Minutero)

5 minutos
5 minutos
5 minutos
5 minutos

Manecilla de la hora
(Horario)

Cuenta de cinco en cinco
para encontrar los minutos.

Una hora tiene
60 minutos.

Media hora tiene
30 minutos.

Un cuarto de una hora
tiene 15 minutos.

La manecilla
larga muestra
los minutos.

La manecilla
corta muestra
la hora.

Mamá me dio una tarjeta. La empecé a leer.

—Te doy una pista . . . —dijo Ann.

—No —dije—. Yo puedo hacerlo.

Pensé. La manecilla de la hora estaba en el 7, así que eran las 7. Y como la manecilla de los minutos estaba en el 12, ¡eran las 7 en punto!

¿Qué hago a las 7 en punto cada mañana? ¡Despierto! ¡La siguiente pista debería estar en mi cuarto!

Para encontrar la primera pista, lee esta pregunta ahora: ¿Dónde estás cada mañana a esta hora?

Pero ¿en qué lugar de mi cuarto? ¡Ajá! ¡A las 7:00 estaba en mi cama! Levanté mi almohada y ahí estaba la siguiente pista.

¡Hola, hola!
¿Qué hora es en el reloj?

Bien, la manecilla corta estaba en el 7, y la larga estaba en el 1. Recordé que se cuenta de cinco en cinco para encontrar los minutos. Entonces, como la manecilla larga estaba en el 1, eso quería decir que eran cinco minutos después de las 7. ¿Qué hago a las 7:05?

¡Tomo una ducha! Corrí al cuarto de baño. Ahí, en la jabonera había otra pista. Estaba un poco mojada, pero aún la podía leer.

La siguiente pista está muy cerca de ti. Es donde estás a la hora que ves aquí.

5..10..15...

Mmmm. La manecilla corta estaba en el 7, y la larga en el 3. Así que eran 15 minutos después de las 7. Me cepillo los dientes a las 7:15.

Claro, ¡la siguiente pista estaba enrollada en mi cepillo de dientes!

La manecilla corta estaba entre el 7 y el 8. La manecilla larga estaba en el 6. Así que indicaba 30 minutos después de las 7. Cada día, tomo mi desayuno a las 7:30.

¡Esto se ponía cada vez más fácil.

¡Acerté otra vez!
Mi pista estaba en la mesa de la cocina.

Esta pista no
es tan difícil.
Sólo piensa en quien dice
"¡ wau, wau, wau!"

—¡Zombie! —grité—. ¡A las 7:45, saco a
Zombie a pasear!

Zombie vino corriendo a la cocina. Mamá,
Papá y Ann venían detrás de él.

—¡Felicidades! —gritaron.

Entonces vi un sobre en el hocico de Zombie.
¡Adentro había boletos para el Maratón de
películas de monstruos! ¡No lo podía creer!
Jamás pensé que podría ir. —¡Genial! —dije.

Nunca encontré mi reloj digital, pero
eso no importa. Ahora sé leer la hora en
toda clase de relojes.

Y, como dije, nunca llego tarde. A veces, ¡hasta llego temprano!

GRÁFICA DEL TIEMPO

Hay 60 minutos
en una hora.

Puedes escribir: 4:00

Hay 30 minutos
en media hora.

Puedes escribir: 4:30

Hay 15 minutos en u[...]
cuarto de una hora.

Puedes escribir: 4:15

Aquí hay algunas maneras de leer la hora.

Las 2 en punto

30 minutos después de las 2,
o las dos y treinta, o media
hora después de las 2.

15 minutos después de las 2,
o las dos y quince, o un
cuarto después de las 2

45 minutos después de las 2,
o las 2 y cuarenta y cinco,
o un cuarto para las 3.

20 minutos después de las 2,
o las dos y veinte.

55 minutos después de las 2,
o las dos y cincuenta y cinco.

32